AF202284

Tucholsky   Wagner   Scott   Zola   Fonatne   Sydow   Freud   Schlegel
Turgenev   Wallace
Twain   Walther von der Vogelweide   Fouqué   Friedrich II. von Preußen
Weber   Freiligrath
Fechner   Fichte   Weiße Rose   von Fallersleben   Kant   Ernst   Frey
Richthofen   Frommel
Hölderlin
Engels   Fielding   Eichendorff   Tacitus   Dumas
Fehrs   Faber   Flaubert
Maximilian I. von Habsburg   Fock   Eliasberg   Zweig   Ebner Eschenbach
Feuerbach   Ewald   Eliot
Vergil
Goethe   Elisabeth von Österreich   London
Mendelssohn   Balzac   Shakespeare   Dostojewski   Ganghofer
Lichtenberg   Rathenau   Doyle   Gjellerup
Trackl   Stevenson   Hambruch
Mommsen   Thoma   Tolstoi   Lenz   Droste-Hülshoff
Dach   Verne   von Arnim   Hägele   Hanrieder   Hauff   Humboldt
Reuter   Rousseau   Hagen   Hauptmann   Gautier
Karrillon   Garschin   Defoe   Baudelaire
Damaschke   Descartes   Hebbel
Hegel   Kussmaul   Herder
Wolfram von Eschenbach   Dickens   Schopenhauer   Rilke   George
Bronner   Darwin   Melville   Grimm   Jerome   Bebel
Campe   Horváth   Aristoteles   Proust
Bismarck   Vigny   Barlach   Voltaire   Federer   Herodot
Gengenbach   Heine
Storm   Casanova   Tersteegen   Gilm   Grillparzer   Georgy
Chamberlain   Lessing   Langbein   Gryphius
Brentano   Lafontaine
Strachwitz   Claudius   Schiller   Kralik   Iffland   Sokrates
Katharina II. von Rußland   Bellamy   Schilling
Gerstäcker   Raabe   Gibbon   Tschechow
Löns   Hesse   Hoffmann   Gogol   Wilde   Gleim   Vulpius
Luther   Heym   Hofmannsthal   Klee   Hölty   Morgenstern
Roth   Goedicke
Luxemburg   Heyse   Klopstock   Puschkin   Homer   Kleist
Machiavelli   La Roche   Horaz   Mörike   Musil
Navarra   Aurel   Musset   Kierkegaard   Kraft   Kraus
Nestroy   Marie de France   Lamprecht   Kind   Kirchhoff   Hugo   Moltke
Laotse   Ipsen   Liebknecht
Nietzsche   Nansen   Marx   Lassalle   Gorki   Klett   Ringelnatz
von Ossietzky   May   Leibniz
vom Stein   Lawrence   Irving
Petalozzi   Platon   Knigge
Sachs   Pückler   Michelangelo   Kafka
Poe   Kock
Liebermann   Korolenko
de Sade   Praetorius   Mistral   Zetkin

Mis Chindli

Sophie Haemmerli-Marti

Impressum

Autor: Sophie Haemmerli-Marti
Umschlagkonzept: toepferschumann, Berlin

Verlag: tradition GmbH, Hamburg
ISBN: 978-3-8495-2858-4
Printed in Germany

Text der Originalausgabe

Sophie Haemmerli-Marti

Mis Chindli

Mit einem Vorworte von Prof. Dr. Jost Winteler (1846–1929)

Erstausgabe 1896

Digitalisat der 5. Auflage von 1926,
erschienen bei «Verlag von Rascher & Cie. A.-G.»
Neu gesetzt durch Robin Schwab

Vorwort

Ohne Frage ist die neuhochdeutsche Schriftsprache gegenwärtig bestrebt, sich ein höheres Mass von Einheitlichkeit, weltmännischem Schliff und Geschmeidigkeit anzueignen. Es versteht sich das aus der in den politischen Verhältnissen liegenden Anforderung an sie, womöglich nicht bloss, wie bisher, eine Sprache für Dichter und Denker zu sein, sondern eine solche für den Weltverkehr zu werden. Sie sucht nachzuholen, was ihr das französische Idiom seit den Zeiten Richelieus vorgetan hat und was vor mehr als hundert Jahren die Gottschede und Wielande nur beginnen, unmöglich auch schon vollenden konnten.

Die Berechtigung solcher Bestrebungen bestreiten, hiesse die Gegenwart gründlich missverstehen. Aber an derselben Gegenwart auf französischem Gebiete, wo umgekehrt die Sprache ihr höfisches Gewand jetzt abzustreifen trachtet, können wir auch lernen, dass die Richtung auf Glätte, Salonfähigkeit, Witz und Glanz des Ausdrucks ihre Gefahren birgt und zur Einseitigkeit führt. Die deutsche Sprache hat viel zu viel Anlage für Innerlichkeit, Natürlichkeit und Eigenart, als dass sie ohne Schaden für das, was den Kern ihres Wesens und ihren Beruf ausmacht, es vertrüge, nur in jener Richtung gefördert zu werden. Zu Gottscheds Zeiten traten Schweizer jener Gefahr entgegen, und die besten literarischen Kräfte ihres Zeitalters scharten sich um sie. Auch heute dürfte es vor allem wieder die Aufgabe der deutschen Schweiz sein, der hochdeutschen Sprache Charakterfestigkeit, schlicht treuherziges Wesen und gemütliche Innigkeit in der Farbengebung der Stammesart zu wahren. Die Kraft zu solcher Mission schöpft die Schweiz allezeit aus ihrer kerngesunden Entwicklung und deren Spiegelbild, ihrer Mundart. Diese echt und selbständig erhalten, heisst daher auch, dem wohlverstandenen Interesse des Hochdeutschen dienen, und darf nicht als eine diesem feindselige Bewegung missdeutet werden, auch wenn die Gegensätzlichkeit zu andern Bestrebungen nicht immer zu vermeiden sein sollte.

Ich habe in einem Vortrage zunächst zu Handen der aargauischen Lehrerschaft[1] diesen Gedanken unlängst Ausdruck gegeben. Dadurch auf die tiefere Bedeutung ihres stillen, fast heimlichen Schaffens[2] aufmerksam gemacht, hat die mir vorher unbekannte Verfasserin des vorliegenden Zyklus von mundartlichen Liedern sich an mich gewandt und ihn meinem Urteil unterbreitet. Ich stehe nicht an, hier öffentlich zu sagen, dass diese kleinen humorvollen Gedichte mir geeignet erscheinen, jenem höhern Gedanken in ihrer Art vorzüglich zu dienen. Wir haben eine reiche mundartliche Literatur, aber gerade deren poetischer Teil leidet durchweg sehr an zu starker Anlehnung ans Schriftdeutsche. Unsere mundartlichen Dichter vergreifen sich meist im Stoff, in Stil und Diktion und in der Versifikation. Es ist schwer, gut mundartlich zu schreiben, doppelt schwer in gebundener Form. Diese schwierige Aufgabe hat unsere Verfasserin meines Erachtens gut gelöst. Ich zweifle nicht, dass zahlreiche junge Mütter in dieser eigenartigen und treffenden Schilderung eines Mutterglücks mit Genugtuung ihre innersten und heimseligsten Empfindungen wiedererkennen werden. Und solchen Gebieten der Seelenwelt als Organ zu dienen, das ist die ureigenste Aufgabe der Mundart, unsrer schweizer-deutschen Mundart weit vor allen anderen. Denn sie hat viel südliches Blut in sich, und dieses südliche Blut empfindet – man sage dagegen, was man sagen mag – feinsinniger, schalkhafter und graziöser in allem, was das Gefühlsleben angeht. Wer daran zweifelt, vergleiche doch einmal die Texte der Kinder-, Tanz- und Volkslieder Süddeutschlands und der Schweiz mit denen Norddeutschlands! –

Hier ist also gerade der Punkt, wo wir einzusetzen haben, um die Virtuosität unsrer Mundart zur Geltung zu bringen und – indirekt auch dem Hochdeutschen zu nützen. Unsre Mütter sind ja in erster Linie die Hüterinnen unsrer «Muttersprache», das heisst in der Schweiz unsres Idioms. Mögen dieselben an der hiemit gebotenen Gabe auch für ihren sprachlichgeschichtlichen Beruf Anregung und Stärkung gewinnen!

---

[1] Nur die Brugger Neujahrsblätter gaben bisher einige Nummern von ihr, die auch in der vorliegenden Sammlung enthalten sind.

[2] Ueber Volkslied und Mundart. Verlag vou Karl Henckell & Co., Zürich 1896.

Aarau, im November 1896
Dr. J. Winteler

Ufe Wäg

Vill Schöns und Guets gits uf der Wält
Und jedem mues mers lo:
De freut en Helge, dise 's Gält,
Eis luegt de Stärne no,
Und mänge reist mit Müei und Not
Wo fröndi Länder sind
Mir gfallt halt nüt so, früe und spot,
Wi eusers lieb lieb Chind.
I sueche-n i der neue Seel,
Und luege si z' verstoh,
Bald findi wenig, mängisch vill.
Gohts euch nid au eso?
Ihr Müetterli im ganze Land,
Jung, alt, arm oder rich,
Euch längi allne hüt mi Hand:
Mir händs jo alli glich!
Und wener ghöre, was mis Chind
Tuet tribe Tag und Nacht,
So lächled denn und säged gschwind:
Jo, mis hets au so gmacht!

Wiegechind

Wiegechind

Do lits as wines Roseblatt,
Mis Chindli, chli und fin.
Us sine blaue-n Äuglene
Glänzt luter Sunneschin.
Es het no nüt so wichtigs z' tue,
Isch müslistill und frei,
Und lost uf Tön wo niemer ghört
As nume-n es elei.
Jez streckts di runde Händli uf
Und dreiht si här und he:
«Gänd achtig», seit 's Grosmüetterli,
«'s cha drin sis Bildli gseh!»

Der erscht Spaziergang

Am erschte warme Früeligstag
Wo cho isch übernacht,
Do hani mit mim liebe Chind
Der erscht Spaziergang gmacht.
Potztusig wi macht d' Wält e Gstat
Im heitergrüene Rock!
Es niders Eschtli treit sis Bluescht
Und jede Haselstock.
«Gott grüess di», pfifts vom Lindebaum
Und usem Schlehehag,
Vill Geissegiseli stöhnd parat
Und rüefe Guetetag.
Du liebi, schöni Maiewält,
Wi hesch mi du hüt gfreut!
D'Sunne het eusers Chindli g'chüsst,
Und Säge-n uf is gstreut.

Muetterfreud

Kei Freud dunkt mi schöner,
Keis Glück eso gross,
As wenn i cha wiege
Mis Chindli im Schoos.
As wenn 's mer tuet ligge
So lind und so warm,
Wines Öpfelbaumblüeschtli
So früsch i mim Arm.
I bricht em und sing em
Und drückes a d' Bruscht:
Jez ghörts halt nomine
Und niemerem suscht!

Taufi

Du schneewisses Chindli
Wines Blüeschtli gsehscht us.
Bald lüte-n jez d' Glogge,
Denn treitdi di Gotte
Zum Gartetor us.
Du schneewisses Chindli
So lieb und so chli:
Ame Sundig im Maie
Ziehmmer schön i der Reihe
Dur d' Chilegass i.
Du schneewisses Chindli
Blib immer so früsch!
Gang im Liebgott etgäge
Uf all dine Wäge
Wi d' hüt gange bisch.

's erscht Trändli

's erscht Trändli hani hüt mim Chind
Vom liebe-n Äugli g'chüsst;
Es lächlet, vo sim chline Schmärz

Hets weidli nüt meh gwüsst.
«Das bringt em Glück», het 's Grosi gseit.
Ich aber wett nid meh,
As dass der jede Chumber chönnt
Wi hüt das Trändli neh!

Erwache

Lueg, eusers Chindli verwachet,
Ribt sini Äugli und lachet,
Gugget n'om Müetterli us:
«Jo, mis lieb Härzli, i chume,
Mach mer keis Düreli nume,
Gsehsch jo, i goh der nid drus!

Bluttmüsli

Chömed au und lueged gschwind
Eusers tusigwätters Chind,
Wi-se-si cha rode:
's Lintuech, d' Dechi, alles furt,
D' Windle, d' Strümpfli und de Gurt
Brägle-n ufe Bode.
Und jez wird das Lumpegschirr
Vo der Freud fascht z' hindefür,
Weiht mit alle Viere,
Chreiht haupthöchlige derzue:
So, jez isches aber gnue,
Tue di au schiniere!

Zfride

Lueged au do eusem Chindli zue:
Gnagets bim Wätter nid a sim Schue!
Spöter, do setts denn scho Zucker si,
Aber so zfride wirds nümme derbi.

Plange

Mitem chline Händli
Gablets nochem Pfänndli,
Büschelet sis Müli,
Grümselet, bhüetis trüli!
Mit den Auge gluschtets,
Mitem Züngli chuschtets,
Zablet mit de Beine,
Fallt schier us der Zeine.
Alls, wo d nume bruchscht, mi Schatz,
Het im Gütterli inne Platz.

's Liebscht

Was meineder, was isch mim Chind,
Am liebschte-n uf der Ärde?
He, s Müetterli, dänkt jedes gschwind:
Jo, chausch mer gstole wärde!
Nei, s liebscht, wo s nume dänke cha,
Isch ihm es süesses Schöppli.
Sper s Müli uf, du muesch jo ha
Bis gnueg, du hungerigs Chröttli!

Chuderwältsch

Langi, schöni, liebi Gschichte
Tuet is eusers Chindli brichte,
s goht as wi am Redli gspunne,
s het si keis Minütli bsunne,
s weis die gheimschte Wundersache,
s macht is z briegge fascht und z lache,
D Sunne lost durs Pfeischter zue:
Ihr verstöhnds, das isch jo gnue!

De Tröschter

Ufem Bank und underem Tisch
Lueged, wo de Nüggi isch!
Oder het se no im Bett?
Wenn i de verlüre sett,
Säged, was müesst ich afo!
O gottlob, do isch-er jo!

Gispel

Noch allem tuets gable,
Noch allem tuets zable
Und macht, bis s es het:
Du Gispel, du Gaspel,
Du ebige Haspel
Marsch mit der is Bett.

Gvätterle

Lueged au dert, eusers Schätzli
Gvätterlet mit-eme Blätzli,
Schnufet derzue wines Bärli:
Hesches so wichtig, du Närli?

Errot

Es isch so wiss wi Hälfebei,
Es isch so hert as wine Stei,
Es gügglet zumene Müli us,
En Lärme gits im ganze Hus
Und jedes wott das Wunder gseh.
Was meineder, was hets do gge?
D Grossmuetter schlot vor Freud i d Händ:
«Nei lueged, eusers Chind het Zänd!»

Flattierbüsi

Flattiere cha mis Meiteli
Mer wird so weich wi Anke.
s cha niemer heusche so wi-n es
Und keis so härzig danke:
«Es Ärfeli, es Drückeli,
Es Liebeli, es guets,
Es Äli und zwöi Schmützeli»
«Es tuets es tuets es tuets!»

Im Bad

Lueged wine grosse Fisch
Do im Wasser inne-n isch,
Winer gablet, winer schwablet
Und mit alle Viere zablet!
Flotsche chaner, nid zum Gspass,
Macht is alle tropfetnass,
Chreiht und juchset frei dernäbe,
Mage gwüss schier nümm ebhebe.
Und schwer ischer, guet zäh Pfund,
Arm und Beindli chugelerund.
Aber s bade macht em Durscht:
Use mit dem läbige Burscht!

So gross

«Wi gross isch s Chindli?» «So gross».
Es höcklet uf miner Schoos,
Streckt d Ärmli so wit as s cha,
Es meint si, mer gseht ems a.
«Mach: bitti, bitti, mis Chind!»
Es tätschlet i d Händli gschwind,
Und luegt mi gar chündig a,
s möcht uf der Stell öppis ha.
Wink mitem Füschtli: «chumm chumm»
Wi schint das alles so dumm,

Und doch chanis nie gnue gseh:
s isch d Liebi, was wänder meh!

Mim Chind sini Äugli

Mim Chind sini Äugli
Sind blau wi de See,
So heiter und luter,
Mer cha-si drin gseh.
Und wemmer wett luege
Was alles drin wer,
So fund mer kei Bode:
s isch teuf wines Meer.
Bald schints drus wi Sunne
Bald tröpfelets lis:
Halb isches scho d Ärde,
Halb no s Paredis.

Maiebluescht

Wi schint is hüt d Sunne
So heiter und warm!
I gohne dur d Matte
Mis Chind ufem Arm.
Es luegt ganz verstunet
Is Öpfelbluescht ue,
Ghört d Imbeli surre
Und juchset derzue.
Jez streckts sini Ärmli,
Alles alles wetts ha:
D Bäum, d Blueme, de Himel
Mit de Wülklene dra!

Sunnechind

Wer tuet so fin fin mole
Wis zRom kei Künschtler cha?
Das isch im Früelig d Sunne!

Chum längt si s Chindli a
So hets em roti Bäggli
Und guldigi Hörli gmacht,
Und wärchet anem ume
Vom Morge früe bis znacht.
Es gspürt si Himelsmuetter
Und stunet zuenere-n ue:
Si git em s Härz voll Sunne
s het siner Läbtig gnue.

Im Traum

Mis Chindli lächlet im Schlof.
Es gseht halt im schlofe, im wache
No luter fründligi Sache,
Kei Chumber plogets, kei Strof.
De Mon luegt zum Pfeischterli i:
Er schmützlets uf d Stirne-n und d Auge,
Am Morge, do wird s denn glaube
En Ängel seig binem gsi.

Was dänkt s

Was dänkt ächt eusers Chindli
Wenns still im Bettli isch,
Und wenns tuet umeschnogge,
Und gvätterle hinderem Tisch?
Was goht im Chöpfli inne?
Mer wärde s woll verneh
Wenn s denn emol cha rede.
Das wird es Gwaschel ge!

Lehre laufe

Chumm au, mis Schätzeli gschwind,
s mues der nid förchte, mis Chind!
Lueg, wi d eleigge chascht stoh!
Nume-n en Alauf jez gno:

Eis zwöi drü fall mer nid um,
Meiteli, tue nid so dumm,
Weidli mach no en Schritt:
Gsehsch jo du chausches, wenn d witt!

Es Wunder

Mängs Chimli lit no zobe do
Ganz still und tuet kei Schnuf,
Um Morge chunt e Sunnestrahl
Und weckts zum Läbe-n uf,
Und was im Bode gschlofe het
Und gläge isch wi tod,
Das streckt di grüene Blettli us
Und s Chröndli wiss und rot:
So isch es Wunder jezig gscheh
Am Chindli übernacht,
Und het i siner chline Seel
En ganze Früelig gmacht.

Der erscht Schritt

Der erscht Schritt eleigge,
Der erscht Schritt durs Land,
Wi tuet mer druf plange,
Jez wills mer fascht bange,
Und i geb der gärn d Hand.
Der erscht Schritt is Läbe
De hesch jez scho to.
Wi lang wirds no dure
So ziescht us de Mure
Und mer luegeder no!

Wer isches?

Es trämpelet uf de Steine
Mit chline dicke Beine,
Es häderet übers Hübeli

Und rugelet wines Chübeli,
Es waschlet alles durenand,
Bringt Stei und Blüemli i der Hand,
Denn wider lit s ganz ful im Gras:
Erroted, wer isch das?

Muetterli

I weis mer schier nid z' hälfe
Vor luter Glück und Freud:
Hüt het mer eusers Chindli
s erscht Mol de Name gseit!
Wenn Ängel tete singe,
Es chönt nid schöner si,
As wenns vom chline Müli
s erscht Mol tönt: «Muetterli!»

De Sunnestrahl

I d' Stube chunt e Sunnestrahl
Und tanzet a der Wand.
Gschwind juchset s Chind und längt derno
Mit siner chline Hand.
Doch d Sunne lot si nid lo foh,
Si zwitzeret hin und här,
Und s Chindli luegt ere trurig no
Und s Händli blibt em leer.
s goht eusereim pretzis wi dir,
Wer s Läbe kennt, verstohts:
Grad was am allerischönschte wer,
Wenn ds alängscht, so vergohts.

Chuderwältsch

Zwöi chlini Beindli zäberle
Dur d Stube-n uf und ab,
Es chlises Müli däderlet
As wines Mülirad:

Das waschlet und guschlet,
s chunt niemer meh z schlag,
Das gablet und juflet
De ganz lieb lang Tag!
E sones chrotte Trämpeli
Het gwüss no niemer gseh:
Du Chuderwältsch, du Stämpfeli,
Tuet s Müli nonig weh?

Sundigmorge

I weis nid eb i wache,
I weis nid ischs en Traum:
Tuet scho s Bufinkli rätschle
Duss ufem Birebaum?
Es tönt so fin und lislig
Wi useme frönde Land
Dur euse Sundigmorge
Vo äne-n a der Wand.
s git nume-n eis uf Ärde
Wo sones Stimmli het:
Dert singt sis Morgeliedli
Mis Chindli i sim Bett.

Herr Maie

Du liebe Herr Maie,
Du machsch is vill Freud,
Hesch is s Wägli und d Matte
Voll Chriesibluescht gstreut.
Hesch d Sunne lo schine
Übers Fäld und durs Hus,
Staffierscht jeden Egge
Mit Viöndlene us.
Und d Hase und d Rehli
Händs au scho verno,
De Gugger heigs gschroue:
De Maie seig cho!

Es schloft

Mit rote Bägglene schloft mis Chind,
Und sini Hörli falle lind
Uf d Stirne-n über d Auge.
Es schnufet lis. I glaube,
De Schlof mues heilig si.
So schloft im Winter Wald und Fäld,
So schloft en ganzi neui Wält.
Inwändig aber wibt und schafft
Lislig e neui, fröndi Chraft,
Denn stoht de Früelig do.
Mit rote Bägglene schlof, mis Chind,
Will d Zite no zum schlofe sind.
Du lächlisch, ghörsch gwüss Himelstön.
Isch d Nacht so gsägnet, o wi schön
Mues erscht de Morge si!

Schlofliedli

Schlof, schlof, Wiegechind.
Dusse goht e chüele Wind,
Aber warm hämmirs do inne:
s Grosi tuet am Ofe spinne,
s Müetti singt es Lied derzue:
«Schlof, mis Chind, tue d Auge zue!»
Schlof, schlof, Chindli mi,
Chönnti allewil bider si,
Chönnt di vorem Böse hüete,
Chönnt der jedes Leid vergüete,
Jezig und dur älli Zit,
Muetterliebi längt jo wit!
Schlof, schlof, Wiegechind,
Dusse goht e chüele Wind,
Risst is Blueme-n ab und d Bletter:
Bhüet di Gott vor Wind und Wätter!
Sunnig mues dis Läbe si.
Schlof, mis Chindli, schlof jez i.

I d' Schuel

De Schuelsack a Rügge,
En Öpfel i d Hand,
Es früsch glettets Scheubeli,
En gsunde Verstand,
So reiset mis Chindli
Luschtig dervo,
Und loht mi eleigge.
Wi wird s em ächt go?

Liedli

Mis Ditti

Mis Ditti heisst Lisi,
Het sidigi Hoor,
Es roserots Röckli
Und es Scheubeli dervor.
Het Äugli wi Chralle,
Und schneewissi Zänd,
Het Bäggli wi Rösli
Und munzigi Händ.
Jez setzis a Bode
Und lueges rächt a:
Mis Ditti, mis Schätzli,
Muesch es Schmützeli ha!

's Züpfli

Juhe, i hanes Züpfli,
Es Züpfli, erscht sid hüt!
Es stoht mer bolzgrad ufem Chopf,
Jez säg mer niemer chline Chnopf,
Das isch jez nümme nüt!
En Lätsch vo blauer Side,
De bindt mer s Müetti dra!
Er fäcklet uf bi jedem Schritt:
I goh zum Ditteli dermit,
Das wird e Meinig ha!

's Loch im Sack

O je i hanes Loch im Sack!
Was mues i ächt au mache?
Wo tueni jez de Grümpel hi
Und mini schöne Sache?
I ha probiert und gchnüpft all Wäg,

s will eifach nid verhebe.
Wenn s amen Ort verwirflet isch
So chrachets scho dernäbe.
Jez gohni zum Grosmüetti ue
Und will si goge froge,
Die büezt mer gwüss de Bumpel zue
Mit ihrer dicke Nodle.

Ungfell

O heie, mis Ditti, du arme Tropf,
Wo hesch jez di guldgäl Chruselchopf?
Do lit er am Bode, und isch verheit.
Worum hesch nid gfolget? I ha ders gseit!
Jez bisch halt e Schärb und keis Ditti meh.
De Chopf wachst der nümme, du wirsches gseh.

Troscht

Mis Muetterli het briegget,
Und i weis nid worum.
Es sitzt und luegt zum Pfeischter us,
Und gseht doch nume s Nochbers Hus,
Und chehrt si gar nid um.
I ha si zert und g müedet:
«Nu, Müetti, lueg mi a »
Es battet nüt do chunts mer z Sinn:
Alls libermänts im Täschli inn,
Das mues mis Müetti ha.
I schleikes weidli füre:
En Öpfel, schön und gross,
Zwo Nüss, en Stei mit Chatzeguld:
Gottlob, si lachet, i bi gschuld,
Und nimmt mi gschwind uf d Schoos.

's Vatterli

Es git doch im Läbe
Kei schöneri Stund,
As wenn wider zobe
Mis Vatterli chunt!
Er isch halt en liebe,
Er isch euse Schatz,
Und uf sine Chneune
Isch mir de liebscht Platz.
Denn tuenem flattiere
Und luegene-n a,
Und s Müetti chunt zuenis
Will au öppis ha.

Geburtstag

Juhe, en Gugelhupf
Het s Müetti bache!
Drü Liechtli brünne druff
Woni verwache.
Es wisses Scheubeli,
s Glöggli zum lüte,
Roti Pantöffeli
Was het s z bidüte?

De Chueche

Hüt bini früe verwachet
I weis halt scho worum,
Und ha verstole glachet
Und ggüggelet zringselum:
Schmöckts ächt no nüt vom Chueche
Wo s Müetti bache het?
I düssele zu der Türe
s chunt öpper, gschwind is Bett!

Obestärn

Grosmüetterli im Himel,
Wi hani di so gärn!
All Obe wenns tuet dunkle
Und fürchunt Stärn um Stärn,
So suechi mir von allne
De schönscht und heiterscht us,
Er glitzeret us de Wulke
Grad über eusem Hus.
Er stoht für mi eleigge
Dert obe uf der Wacht.
Denn rüefi lislig ufe:
«Grosmüetterli, guetnacht!»

Kunterfei

Amerei heb 's Chöpfli uf,
Lass di Nodle trole!
Lueg mi a und tue kei Schnuf,
Will dis Portret mole:
Schneewissi Hömmlisbruscht,
Gfältleti Jüppe,
Gstrichleti Scheube druff,
Gschäggeti Züpfe,
Hornigi Brülle, rumpfigs Gsicht,
Rügge wine Stange,
Gschwind für d Nase no ne Strich
Au, das git en lange!

D' Neiheri

Müetti fädle d Nodle-n i
Es pressiert erschröckli,
s mues bis zobe fertig si
Mis neu Dittiröckli.
Gschwind es Fingerhüetli här
Und es Fäckli Side,

Und di roschtig Raggerischeer,
As i s Züg cha schnide.
Bändeli, Chnöpf und Rüscheli dra
Vomene rote Blätzli:
Lueged jez mis Ditti a,
Isches nid es Schätzli?

Neui Schue

Hüt bini so froh, so froh,
I chas gar nid säge!
Neui Schüeli hani jo,
Höckle-n uf der Stäge,
Luege wie di gäle Chnöpf
A der Sunne glänze,
Und di lange Bändelzöpf
Näenabe schwänzle.
Jetz marschieri überue,
Nime Schritt grossmächtig:
O, di schöne neue Schue
Girpse-n au so prächtig!

Es Brüederli

Alli Chinde, woni kenne,
Händ es Brüederli übercho.
Wenn i au so eis chönnt gschweige,
Das müesst aber luschtig go:
Wettem luege, wettem singe,
Wettem mini Sache ge,
Wetts im Wägeli umestosse,
Wett em s Muetterli verseh.
Und wenn s goss wer und chönnt springe
Giengemer zäme uf und drus:
s isch en Storch derhär cho flüge,
Het en Boge gmacht ums Hus!

Storeheini

Store Storeheini
Mit dine lange Beine,
Will der cho es Liedli singe
As d mer tuesch es Brüederli bringe,
Wott der go ge Zucker streue,
Wott es wisses Hömmeli neihe,
Wott es Bettli härestelle,
s Bäppli rüere mitem Chelle,
Wott es Läufterli offe lo
As d chausch hübscheli inecho.

Mi Grossätti

Grosvatter, Grosätti
Mitem schneewisse Bart
Mit der dopplete Brülle
Goht mit mer uf d Fahrt.
Er nimmt mi uf d Achsle,
I rüefe «Trab trab»,
Denn gumpe mer d Stube
Duruf und durab.
Er tuet mi nid balge,
Er tuet mi nid schlo,
Und hätti gärn öppis,
So seit er: «Jo, jo!»
Und alles isch rächt,
Was sis Meiteli tuet.
Jo, bi mim Grosätti,
Do hanis halt guet!

Jäger

Wer weiss mer es Gschichtli,
Git s öppe hüt keis?
O liebe Grosvatter
Verzell mer doch eis.

Vo Hase-n und Füchse,
Vo Marder und Reh,
Vo böse Wildsäune
Und Ferte-n im Schnee!
Und wenni denn gross bi,
Darfi mit-der is Holz,
Ufem tupfete Schimel,
Graduf wine Bolz!

De Hansli Mohr

De bescht Bueb, wo mer finde cha,
Im schwarze Chruselhoor,
De wohnt bis Nochbers änedra
Und heisst de Hansli Mohr.
Am Morge, wenni ufcho bi
So stoht er scho am Hag,
Er lachet mitem ganze Gsicht
Und rüeft mer Guetetag.
Und immer het er i de Hand
Es Gschänkli, wo mir freut:
En Bluem, es Helgeli, en Stei
Wi Silber drüber gstreut.
Er het kei rächte Blätz am Lib,
Nid Schue und Strümpf, s isch wohr,
Doch s bescht Chind uf der ganze Wält
Das isch mi Hansli Mohr!

Barri

De Barri, de Barri
Springt hindermer no,
Er isch euse Wächter
s git keine eso.
Cha bälle-n und gumpe
Wi z hindefür,
Und znacht tuet er schlofe
Vor miner Tür,

Het glänzigi Auge,
Es Fäll wine Leu,
Het vier Bei zum springe,
Und ich nume zwöi.

De Chemifäger

De Chemifäger isch im Hus,
Das git mer jez es Wäse!
Er butzt is alli Öfe-n us
Mit sim verstrupfte Bäse!
Im Chemi obe singt er eis,
Und pfift, de luschtig Fäger,
Und wener obenabe chunt,
So glänzt er wine Neger.
Jetz goht er witer um es Hus,
Schwänkt s Bäseli wine Flagge.
Doch eusi Chöchi, s isch en Grus,
Het ganz e schwarze Bagge!

's Schutzängeli

De lieb Gott heig den Änglene gseit
So hani grad verno,
Si sele gschwind
Zu jedem Chind
Uf d Ärde-n abe goh.
Si sele luege Tag und Nacht,
As keim chönn öppis gscheh,
Doch nume lis
Uf ihri Wis,
Und s dörf si niemer gseh.
Jez chläderi zusserscht ufne Ascht
Und schnellene wine Wid:
«Schutzängeli, chum!»
I glaube drum
Do use trout s em nid!»

's bös Wort

I weis es Wort, 's isch nume chli
Und doch für mi no z schwer,
I staggle, wenis säge sett,
Und dreihes hin und här,
Doch winis dreihe, s nützt halt nüt,
Zletscht hanis doch no gseit,
Und s isch mer fascht nid usegrütscht
Das Wörtli: «s isch mer leid!»
Es weis ke Möntsch wi drang as s goht,
Wi weh as s eim cha tue!
Und wenns au einisch dusse-n isch,
So lots eim erscht ke Rue,
Es brönnt und würgt eim s Hälsli uf:
Nei, hättis doch nid gseit:
O bis nid trurig, Müetterli,
Gwüss, gwüss, es isch mer leid!»

's Paredis

Hüt het mer s Müetti d Gschicht verzellt
Vom Adam und der Eva.
Das isch mer aber grüsli leid,
As ich di zwöi nid gseh ha.
Denn hätti zu der Eva gseit:
«Du chausch mi gwüss verbarme,
Jez muesch halt usem Paredis
Mitsant dim Ma, dem arme.
Du hättsch das Grätsch vo säber Schlang
Halt gar nid selle lide,
Denn müesst di jez der Ängel nid
Zum Garte-n use tribe.
Und zum Herr Adam hätti gseit:
«Worum hesch du abbisse?
Du hätsch de Gschiter selle si,
Du hätsches chönne wüsse!»
Jez nützt halt alles rede nüt,

Si sind emol vertribe.
Doch s Paredis, het s Müetti gseit,
Seig brave Chindere blibe.

Lehre schribe

Ue – abe – ue,
Jetz lueged mer zue:
Es Tüpfli druf hi,
Denn isches en i.
Der n het zwöi Bei,
Das weis i elei,
Ganz rund isch der o,
De wämmer lo goh,
Zwöi Strichli druf ue,
Und jez hani gnue!

Lisme

«Inestäche, umeschlo »
Dänked, lisme chani scho,
Han-en grosse Rugel Wolle
Dörfe go bim Chremer hole,
Lisme drus im Ditti Strümpf,
Nodle hani au scho fünf,
Tue no anderi schöni Sache,
Denn fürs Wienechtchindli mache,
Aber langsam gohts halt no.
«Durezie und abelo!»

Zusanneli

's Anneli Zusanneli,
Ihr händ s gwüss au scho gseh:
s isch nume chli und doch so gschickt,
Alls wo verheit isch, het s is gflickt
Und neus gmacht no vill meh.
Am Morge stoht s Zusanneli

Bezite scho parat,
Es wüscht is d Stube, butzt is d Schue,
Und git is Milch und Bröche gnue
Und wäscht is d Bagge-n ab.
s Anneli Zusanneli
Blibt allwil im Hus!
Und simmer einisch alli gross
So leits denn sini Händ i d Schoos
Und luegt zum Pfeischter us.

D' Zit isch do

Los Muetterli, jez weis is gwüss,
Und heigs no Hüfe Schnee:
De Früelig chunt doch uf der Stell,
Du wirsches aber gseh.
Grad vorig hanis wider ghört,
s isch no kei Viertelstund,
Do het mer s Spiegelmeusi grüeft:
«Er chunt, er chunt, er chunt!»
Und woni ganz verstunet bi,
Tönts dert vom Bächli no;
Was gilts, es isch s Bufinkli gsi:
«Jezig, jezig isch-er do!»
Jo, dänki, aber duss de Schnee
De lit doch, säg was d witt.
Do rüeft vom leere Birebaum
D Gälämez: «Furt, furt mit!»

Im Summer

Blüemli uf de Matte
Günni wiss und rot,
Grueie denn im Schatte
Bis de Tag vergoht.
Wissi Wülkli jage
Eis im andere no,
Wett si möge froge:

Darf i mit-ech cho?
D Sunne luegt dur d Eschtli
Ab der Gisliflue,
s Finkepaar bim Näschtli
Treit sis Fuetter zue.
Göhmmer zobe-n ume
Glitzeret scho en Stärn.
Summer, liebe Summer,
Wi hani di so gärn!

's Bächli

Bächli, chlises Bächli,
Nimm mis Schiffli mit.
Hesch es grüsligs Sächli:
Goht di Reis so wit?
Träg mis grüen grüen Blettli
Ines anders Land,
Müessti nid is Bettli,
Gienge-mer mitenand.

's Müsli

Chlini Mus i der Falle
Wi durisch mi du!
I ha-n au nid gfolget,
Ha gschneugget wi du.
Chlini Mus i der Falle
Lueg nid trurig dri:
I läng der mis Zobig
Zum Gitterli i.

's Jugedfescht

«I Gotts Name nidergange»
(O i chas Schier nid erplange!)
«Bhüetmer Gott mi Lib und Seel»
(Weis vor Freud nid, was i will,

Cha fascht nüm s Gibättli säge)
«Gäll, Du schicksch is morn kei Räge?
Liebe Gott im Himel, gsehscht
Morn isch eusers Jugedfescht,
Morn han-ich es wisses Röckli,
Und es Chränzli uf em Chöpfli,
Darf im Zug i d Chile goh,
Darf a Taufstei fürestoh,
Hole dert en neue Franke,
Goh uf d Schützematt go tanze,
D Schüeli stöhnd schön i der Reihe,
Und en grosse Nägelimeie
Het mer au scho s Müetti gmacht:
Jezig, liebe Gott, guet Nacht!»

D' Höll

I weis nid was i mache sell:
Wer nid tüeig folge, chöm i d Höll,
Und d Tüfel plogede miter Zange
Und rode s Für mit isige Stange.
Es isch mer gar nid rächt derbi:
Bi wider meischterlosig gsi,
Ha lo mis Chacheli verschärble,
Ha lo de Meiestock versärble,
Ha zobe mis Gibätt vergässe,
Ha grüeni Chruselbeeri gässe,
Bi uf der Stross go umetätsche,
Bi go mis Schwöschterli verrätsche.
I gsehne scho, es gieng mer schlächt
Do mit der Höll! s isch nume rächt,
As ichs bizite ha verno,
Jez mues s bim Wätter andersch cho!

Im Winter

Im Winter, im Winter
Goht s bodeluschtig zue:

De Schlitte go sueche
Ufe-n Eschterig ue,
D Pelzchappe-n uf d Ohre
Und Händsche-n agleit,
Denn heidruff a Schlossbärg:
«s het gschneit, es het gschneit!»

Märli

I wett i wer e Königin
Denn hätti guldigi Röckli,
Es Scheubeli vo Silberzüg,
Es Chröndli ufem Chöpfli,
En langi Schleppe hindeno,
So wetti grad z wisite go.
I wett i wer e Königin
Denn chönnti Chüechli ässe,
I miech e ganzi Zeine voll
Und tet kei Zucker mässe,
Und alli Chinde näbena,
Die müesste vo de Chüechlene ha.
I wett i wer e Königin
Denn chönnti Gutsche rite,
Und kummidiere linggs und rächts:
«He, wänder ächt uf d Site?»
Und gieng de Hansli juscht verbi,
So seit i: «Wottisch König si?»

De Sundig

De Sundig, de Sundig,
Wi freuemi druf:
Am Morge tuets lüte,
Denn stöhmmer gschwind uf,
Und s Müetti git füre
Was jedes mues ha:
Es schneewisses Hömmeli Leggemer a.
De Sundig, de Sundig,

Stoht scho vor der Tür,
Denn darf mer nid lärme,
Aber singe derfür.
Und d Sunne, si schint is
No einisch so schön,
Mer folge gar ordlig,
Mache gar niemer höhn.
De Sundig, de Sundig,
Hani dorum so gärn,
Er schint eim dur d Wuche
Wiene fründlige Stärn.
Mer wänd nid go rite
Mer mache kei Reis:
De Vatter, de Vatter
Blibt de ganz Tag bi eus!

De Götti

Mi Götti isch e grosse Ma,
Er chunt fascht a der Türe-n-a,
Er het e Bart chumm lueg und gschau s
So prächtig wi de Sämichlaus!
Mi Götti isch e glehrte Ma,
s git nüt, wo-en-er nid wüsse cha,
Er lehrt di gross und chline Lüt
Und macht no mänge Dumme gschidt.
Mi Götti isch e guete Ma,
Das stoht em no am beschten a,
Er isch so luter wine Schib
Und geb eim s Hömmli abem Lib.

Sämichlaus

Sämichlaus, du liebe Ma,
Gäll, i mues kei Ruete ha?
Gäll, du tuesch nid mit mer balge?
Will denn allewile folge,
Will im Müetti ordlig lose,

Will denn nümme d Milch verchosle,
Will denn d Scheube nümm vernetze,
Nümme mit der Türe schletze,
Will nid mit de Chinde zangge,
Will bim Tisch nid umerangge,
Will jez nümme d Nuss ufbisse,
Will au nid de Rock verrisse,
Alli böse, wüeschte Sache
Will i gwüss jez nümme mache!
Sämichlaus, du guete Ma,
Gäll, i mues kei Ruete ha?

's Wienechtchindli

Jez gohts nume no es Stündli,
So chunt eusers Wienechtchindli,
Flügt mit sine Ängelsfäcke
Lislig, as mer nid verschräcke,
Tuet sis Bäumli härestelle,
Tuet is d Heilandgschicht verzelle,
Füert mi zuemene Chindebänkli,
Zeigt mer mini Wienechtgschänkli,
Lächlet underem Schleier füre,
Stoht scho wider a der Türe,
Schüttlet sini guldige Löckli:
s chunt, es chunt, i ghöre s Glöggli!

Müschterli

Balge

Hüt hani mis Meiteli balget:
«Wart, i will der folge dir!
Do hesch Tätsch, du wirsch dra dänke,
Und jez chum und sitz zu mir!»
Doch mis Chind verdrückt sis briegge,
Schlückt, und luegt mi ärnschthaft a:
«I will folge aber nume
Tue-n au nid so wüescht, Mama!»

D' Bäsi

«Es isch doch trurig», chlagt is d Bäsi,
«Wi gli sind dMöntsche wüescht und alt!
Chum isch de Summer rächt vergange,
So chunnt de Winter, ruch und chalt!»
«Bis zfride», het si s Chindli tröschtet,
«Wenn d jez au grumpfig worde bisch,
So gseht mer doch no a de Schärbe,
Wi s Chacheli ame schön gsi isch!»

Spiegeläffli

Spiegeläffli, Spiegeläffli
Was gsesch ächt do inne?
Wisses Scheubeli, ghüslets Röckli,
Spärberäugli, Chruselchöpfli,
Bagge wo fascht brünne.
Spiegeläffli, Spiegeläffli
Abe vo dim Stüeli!
Wart i wills im Müsli säge,
s sell der s Lätschli go verträge,
Und di rote Schüeli.

Sagmähl

Mis Chindli het sis Ditti verheit
Wo s allewil wieget und umetreit.
Es briegget ufs Sagmähl underem Tisch:
«I ha welle gseh was drininne isch !»
Jo briegg jez nume, du wirsch denn gschidt,
Und merksch, was mer underem Gwunder lidt!
Lueg schöni Sache vo witem a,
Denn weisch, es chönnt Sagmähl drininne ha!

's Morgerot

O lueg das prächtig Morgerot,
Wo wines Für am Himel stoht!
Was tüend si ächt dert obe mache?
Gwüss s Wienechtchind het Güetzi bache!

En Frog

Mis Chindli will jez schlofe.
s het sis Gibättli gseit,
Und sini chline Händli
Im Schlof no zämegleit.
Uf einisch lüpfts sis Chöpfli
Und luegt gäg eusi Bett:
«Tüend ihr au zäme bätte
Wi s Meiteli bättet het?»

Silveschterobe

Es fallt en wisse Schleier
Ganz hübscheli ufs Land,
De händ is d Ängeli gwobe
Mit ihrer sine Hand.
Si händ mängs guldigs Stärndli
Zäntume dri verstreut,
Und hie und do im Zettel

En schwarze Fade gleit.
Es nieders Möntschechindli
Verwütscht en Teil dervo:
I wett, du hätsch von allne
s schönscht Blätzli übercho!

Nachspann

Worterklärungen

Abelo = herunterlassen.

ächt = etwa, wohl.

äke = anhaltend bitten.

Äli = eine Liebkosung.

Ärfeli = Umarmung.

allewil = immer.

allwäg = jedenfalls.

ame = ehemals, jeweilen.

Anke = Butter.

as = dass.

balgen = schelten.

Bändelzöpf = Bandenden.

batte = nützen (es battet nüt = es hilft nichts).

bhüetis trüli = Ausruf des mitleidigen Erstaunens.

bis = auch: sei.

bitzeli es = ein bisschen.

bizite = bei Zeiten.

Blätzli = ein Stückchen Blüeschtli = Baumblüte.

blutt = nackt.

Bluttmüsli = nacktes Mäuschen.

bodeluschtig = sehr lustig.

bolzgrad = steif wie ein Bolzen.

brägle = herunterfallen, herumliegen.

brichte = berichten, erzählen.

briegge = weinen.

Bröche = Brotbrocken in der Milch.

brote = braten.

Brülle = Brille.

brünne = brennen.

Bufinkli = Buchfink.

Bumpel = Tasche.

Burscht = Bursche.

büschele (sMüli) = das Mündchen spitzen.

Chäber = Käfer.

Chacheli = Tongeschirr, Tasse.

chauscht = kannst.

Chemi = Kamin.

Chimli = Keim.

Chneu = Knie.

Chralle = Glasperle.

chreie = krähen, jauchzen.

Chriesibluest = Kirschenblüten.

Chrömli = kleines Backwerk.

chrotte = niedlich (von Kröte.)

Chröttli = kleine Kröte.

Chruselchöpfli = Krausköpfchen.

Chrütz = Kreuz, Kummer.

Chumber = Kummer.

Chüechli = kleine Kuchen.

Chuderwältsch = Kauderwelsch.

chum = kaum.

chumm = komme.

chündig = schelmisch.

chuschte = eine Speise kosten.

Däderle = plappern.

Dank heigisch = du sollst Dank haben.

dervo = davon.

Ditti = Puppe.

drang = schwierig.

dure = dauern (im doppelten Sinn).

Düreli, es Düreli mache = das Gesichtchen zum Weinen verziehen.

durezie = hindurchziehen.

düssele = schleichen.

Ebhebe = festhalten.

ebig = ewig, immerwährend.

echli = einwenig.

Eggeli = Ecke.

eisder = immer.

eismols = auf einmal.

eiswägs = sofort, im Nu.

eleigge = allein.

em = ihm.

erplange = ersehnen.

Eschterig = Estrich.

etgäge = entgegen.

eusers = unser.

Fäckli = Tuchfetzen.

Ferte = Wildspuren.

flattiere = schmeicheln.

Flattierbüsi = Schmeichelkätzchen.

flotsche = im Wasser patschen.

frei, es isch frei = zufrieden, brav.

frei, es juchset frei = sogar, von ganzer Seele.

fund = fände man.

fürchunt = hier: hervorkommt.

Gable = hastig und unsicher nach etwas greifen.

Gälämez = Goldammer.

gäll = gelt.

gänd = geben. (3. Pers. Plur.)

ge = geben (Inf.)

ghüslet = karriert.

Gispel = von Gisple = ziellos herumfahren.

girpse = knarren, von Schuhen.

gleitig = schnell.

gluschte = gelüsten, sehnsüchtig verlangen.

gnage = nagen.

gnue = genug.

goge = gehen um zu.

göhmmer = gehen wir.

gohni = gehe ich.

Götti = Pate.

grad = sofort, soeben; auch: genau so.

Grätsch = Gerede, Schwätzerei.

Grosi = Grossmutter.

grote = geraten, sich ereignen.

grueie = ausruhen.

Grümpel = Gerümpel.

grümsele = wimmern.

grumpfig = verrunzelt.

grüsli = sehr.

gschägget = gesiegt, zweifarbig.

gschnellt, ufeschnelle = hinaufschwingen.

gschweige = ein kleines Kind warten, zum Schweigen bringen.

gugge güggle = spähen, gucken.

Güezi = kleines Zuckerwerk.

gumpe = hüpfen.

günne = pflücken.

Gutsche = Kutsche.

Gütterli = Fäschchen.

guschle = undeutlich sprechen.

gvätterle = spielen.

Gwaschel = lustiges Geschwätz.

Hälfebei = Elfenbein.

hämmirs = haben wirs.

hampfelewis = ganze Hände voll.

Händsche = Handschuhe.

Haspel = Garnwinder, hier lebhaftes Kind.

haupthöchlige = so laut man kann, sehr.

he = hin.

hert = hart.

heidruff = mit Halloh, schnell.

Helgeli = Bildchen.

heusche = demütig um etwas bitten.

höckle = sitzen.

Holz = auch: Wald.

höre = aufhören.

hübscheli = sachte.

im Hans = dem Hans.

Imbeli = Bienen.

is = uns.

Isebahn = Eisenbahn.

jufle = hastig arbeiten.

juchse = jauchzen.

Jüppe = bäurischer Trachtenrock.

Ke, kei = keine.

kumidiere = kommandieren.

Kunterfei = Porträt.

Lach = alte Form für lass.

Läbtig = Lebtag.

Läufterli = Fensterteil.

libermänts alls = alles zusammen.

Liebeli = Liebkosung.

linggs = links.

lislig = leise.

lisme = stricken.

lit = liegt.

lost = horcht.

luege = schauen.

Lumpegschirr = Nichtsnutz.

luter = klar, lauter

luter = nur, alles.

Mänge = mancher.

mängisch = manchmal.

Meie = Blumenstrauss.

meint si, es = es ist stolz.

meischterlosig = übermütig.

mer = wir und man.

miech = würde machen.

mole = malen.

müede = anhaltend, bitten.

Müedi = Müdigkeit.

Mul, Müli = Mund, Mündchen.

munzig = winzig.

Müschterli = Anekdoten.

ne = ihnen.

nieders, es = jedes.

Niemerem = niemandem.

niene = nirgends.

nonig = noch nicht.

Nüggi = Schnuller.

nume = nur.

nümme = nicht mehr.

oeppe = etwa.

oepper = jemand.

ordlig = ordentlich.

parat = bereit.

Pfeischter = Fenster.

plange = sich sehnen.

Plunder = Kram.

pretzis = genau.

Puteheieli = Wickelkindchen.

Raggerischeer = abgenutzte Schere.

Risblei = Bleistift.

rite = hier: ausfahren im Wagen.

rode = bewegen.

Rugel = Knäuel.

rugele = sich kugeln.

Rüschele = eine Garnitur frz. ruche.

rütere, umerütere = herumtollen.

säb = jenes.

Sächli = wichtige Geschichte.

Sagmähl = Sägemehl.

Sack = hier: Tasche.

Schärbe = Scherben.

schärbis = schief.

Scheube = Schürze.

Schib = Fensterscheibe.

schier = fast.

Schöche = Heuhaufen.

Schoppe = gefülltes Milchfläschchen.

schleike, füre schleike = hervorzerren.

schletze = Türe zuschlagen.

schlo = schlagen.

schmöcke = riechen.

Schmützli = Kuss.

schneugge = naschen.

Schnuf = Atemzug.

schnufe = atmen.

schröckli = schrecklich.

schwable = schwadern.

schwänzle = baumeln, herunterhängen.

se, do se = da nimm, da sieh.

seig = sei.

sett = sollte.

sorg ha = Sorge tragen.

Spiegelmeusi = Spiegelmeise.

spore = strampeln.

staggle = stottern.

Stämpfeli = Trampetierchen.

stif = steif.

Storeheini = Storch.

suscht = sonst.

surre = summen.

Summervogel = Schmetterling.

Tätsch = Schläge.

tätschle = klatschen.

teuf = tief.

Trämpeli = von trämpele = trotten.

treisch = trägst.

trolen = fallen.

trout 's m (Dat.) = jemand getraut sich.

ue = hinauf.

überchunt = bekommt.

übercho = bekommen.

überue = in den oberen Stock.

umege = zurückgeben, erwidern.

umerangge = hin- und herrutschen.

umeschnogge = auf dem Boden kriechen.

umetetsche = herumtrampeln (im Morast).

undereinisch = auf einmal, plötzlich.

Ungfell = Unfall.

use grütscht = herausgerutscht.

Verchosle = beschmutzen.

verhebe = zuschliessen, halten.

verheit = zerbrochen.

vernetzen = nass machen.

verrisse = zerreissen.

verrode = bewegen.

versärble = verwelken.

verstunet = erstaunt.

verstrupst = zerzaust.

vertue = ausbreiten.

verwirfle = flicken.

verzellt = erzählt.

Viere, mit alle V. = mit Armen und Beinen.

Viöndli = Veilchen.

vorus = voran.

Waschle = plappern.

wämmer = wollen wir.

wätters Chind = Tausendsassa.

was wänder meh = was wollt ihr mehr.

weidli = schnell.

Wienechtchindli = Christchind.

Wid = Weidenrute.

witt = willst.

wott = will.

würkli = wirklich.

wüescht tue = Lärm machen, sich unfein benehmen.

Zäberle = mit schnellen Schrittchen gehen.

zable = zappeln.

Zänd = Zähne.

zangge = sich zanken.

zäntume = überall.

Zeine = Korb, Korbwagen.

zerscht = zuerst.

zhindefür = drunter u. drüber, aus dem Häuschen.

zobe = am Abend.

Zobig = Vieruhrbrot.

zwäg = hier: bereit, (sonst auch gesund).

zwitzere = schnell hin und her fahren.

Urteile über «Mis Chindli»

Otto von Greyerz (1863–1940)

Die Verfasserin hat das Glück (aber es ist nicht bloss Glück, es ist auch Einsicht und Verdienst), auf einem engen Gebiet der Poesie Meisterin zu sein. Sie singt das Glück der jungen Mutter, sie singt es warm, innig, in den wahrsten Tönen, weil es ihr eigenes ist. Aber noch mehr: Obgleich eine Frau von feinster Geistesbildung, verschmäht sie die schlichte Sprache des Volkes nicht, aus dem sie selbst hervorgegangen ist. Ihre Poesie adelt die Mundart, wie es Hebels Poesie getan hat, wie es Reinharts und Lienerts Lieder tun. Wie bei diesen, so ist auch bei ihr die Mundart nicht bloss gewollte oder gesuchte Form, sondern natürlicher Ausdruck. Daher bleibt sie auch ganz in der einfachen Form des Volksliedes, kurze Strophen, einfache Reime, jeder Vers ein Ganzes, der Ausdruck anschaulich, die Empfindung wahr, ungebrochen, ungemischt. Wer mit so einfachen Formen Poesie schafft, leistet ein Höchstes in seiner Art. Die Kritiker, die über Mundartliedchen dieser Gattung wohlwollend lächelnd hinweggehen, ahnen nicht, was Meisterschaft heisst, sie denken auch nicht, was es bedeutet, dem einfachen Volk Mutterlieder zu schenken, die kein Getändel und keine Phrase, sondern Poesie sind.

(Mitteilung über Jugendschriften des Schweiz. Lehrervereins, 31. Heft.)

Hans Thoma (1839–1924)

Von Sternen und Blumen«Da ich gerade von Blumen spreche und vom Dialekt, so kann ich nicht unterlassen, von einem gar schön geformten bescheidenen Blümlein zu sprechen, das ich auf Schweizerboden gefunden habe, auf Muttererde gewachsen, davon ist es so zart geworden, aus der Muttersprache gebildet, davon klingt es so lieblich. Ich will aber von meiner bildlichen Sprache abgehen, indem ich sage, dass ich mit diesem Schweizerblümlein ein kleines Bändchen Gedichte meine, betitelt: <Mis Chindli> v. Sophie Hämmerli-Marti, im Aargauerdialekt, und zeigen, wie melodisch dieser Dialekt klingt, wenn die zarte Mutterliebe in der Freude an ihrem Chindli ihn spricht.»

(Propyläen, München 1910.)

Über tredition

Eigenes Buch veröffentlichen

tredition wurde 2006 in Hamburg gegründet und hat seither mehrere tausend Buchtitel veröffentlicht. Autoren veröffentlichen in wenigen leichten Schritten gedruckte Bücher, e-Books und audio-Books. tredition hat das Ziel, die beste und fairste Veröffentlichungsmöglichkeit für Autoren zu bieten.

tredition wurde mit der Erkenntnis gegründet, dass nur etwa jedes 200. bei Verlagen eingereichte Manuskript veröffentlicht wird. Dabei hat jedes Buch seinen Markt, also seine Leser. tredition sorgt dafür, dass für jedes Buch die Leserschaft auch erreicht wird.

Im einzigartigen Literatur-Netzwerk von tredition bieten zahlreiche Literatur-Partner (das sind Lektoren, Übersetzer, Hörbuchsprecher und Illustratoren) ihre Dienstleistung an, um Manuskripte zu verbessern oder die Vielfalt zu erhöhen. Autoren vereinbaren direkt mit den Literatur-Partnern die Konditionen ihrer Zusammenarbeit und partizipieren gemeinsam am Erfolg des Buches.

Das gesamte Verlagsprogramm von tredition ist bei allen stationären Buchhandlungen und Online-Buchhändlern wie z. B. Amazon erhältlich. e-Books stehen bei den führenden Online-Portalen (z. B. iBookstore von Apple oder Kindle von Amazon) zum Verkauf.

Einfach leicht ein Buch veröffentlichen: **www.tredition.de**

Eigene Buchreihe oder eigenen Verlag gründen

Seit 2009 bietet tredition sein Verlagskonzept auch als sogenanntes "White-Label" an. Das bedeutet, dass andere Unternehmen, Institutionen und Personen risikofrei und unkompliziert selbst zum Herausgeber von Büchern und Buchreihen unter eigener Marke werden können. tredition übernimmt dabei das komplette Herstellungs- und Distributionsrisiko.

Zahlreiche Zeitschriften-, Zeitungs- und Buchverlage, Universitäten, Forschungseinrichtungen u.v.m. nutzen diese Dienstleistung von tredition, um unter eigener Marke ohne Risiko Bücher zu verlegen.

Alle Informationen im Internet: **www.tredition.de/fuer-verlage**

tredition wurde mit mehreren Innovationspreisen ausgezeichnet, u. a. mit dem Webfuture Award und dem Innovationspreis der Buch Digitale.

tredition ist Mitglied im Börsenverein des Deutschen Buchhandels.

Dieses Werk elektronisch lesen

Dieses Werk ist Teil der Gutenberg-DE Edition DVD. Diese enthält das komplette Archiv des Projekt Gutenberg-DE. Die DVD ist im Internet erhältlich auf **http://gutenbergshop.abc.de**

Zeitfracht Medien GmbH
Ferdinand-Jühlke-Straße 7
99095 Erfurt, Deutschland
produktsicherheit@kolibri360.de